La tour Eiffel
fait du ski !

Des romans à lire à deux,
pour les premiers pas en lecture !

La collection Premières Lectures accompagne les enfants qui apprennent à lire. Chaque roman peut être lu à deux voix : l'enfant lit les bulles et un lecteur confirmé lit le reste de l'histoire.

Cette collection a trois niveaux :

JE DÉCHIFFRE les bulles peuvent être lues par l'enfant qui débute en lecture.

JE COMMENCE À LIRE les bulles peuvent être lues par l'enfant qui sait lire les mots simples.

JE LIS COMME UN GRAND les bulles peuvent être lues par l'enfant qui sait lire tous les mots.

Quand l'enfant sait lire seul, il peut lire les romans en entier, comme un grand !

Un concept original + des histoires simples + des sujets qui passionnent les enfants + des illustrations :
des romans parfaits pour débuter en lecture avec plaisir !

Cette histoire a été testée par Francine Euli, enseignante, et des enfants de CP.

L'orthographe rectifiée est appliquée dans cet ouvrage.

Loi n°49-956 du 16 juillet 1949 sur les publications destinées à la jeunesse, modifiée par la loi n° 2011-525 du 17 mai 2011.
ISBN : 978-2-09-258835-2

JE DÉCHIFFRE | JE COMMENCE À LIRE | JE LIS COMME UN GRAND

La tour Eiffel fait du ski !

Texte de Mymi Doinet
Illustré par Mélanie Roubineau

Nathan

Ce soir, la tour Eiffel marche
dans les rues enneigées de Paris.
Toute la ville dort, sauf Samy.

Dans le magasin de ses parents, marchands de souvenirs, il murmure :

Samy se faufile sans bruit dehors. Le petit garçon aimerait aller à la montagne, il a une grande mission à accomplir là-bas ! Ça tombe bien : la belle d'acier rêve d'aller skier.

Samy met son bonnet et ses bottes. Puis il glisse un petit paquet dans la poche de sa doudoune. Pour qui est-ce ? Chut, c'est un mystère ! En route.

La tour Eiffel plane au-dessus de la Seine où vogue une péniche couverte de guirlandes. Perchée à l'avant du bateau, une mouette grelote sous les flocons.

Nous, on va sur les pistes !

Quelle rapidité ! Les montagnes apparaissent déjà. La tour atterrit sur les pistes près d'un immense massif. Voici le Mont-Blanc. Il est carrément géant ! La belle d'acier lève la tête.

Soudain, Samy sourit : là-bas, dans la vallée, il y a un chalet aux volets bleus. C’est dans cette maison qu’il a sa mission !

Près des sapins, la tour et Samy trouvent deux paires de skis, une petite et une très grande. Ils les chaussent et slaloment vers le chalet.

Tout à coup, des bouquetins leur barrent la route. Bing ! Samy fait un vol plané par-dessus leurs cornes. Aussitôt, il vérifie si son paquet est bien dans sa poche.

Samy repère ensuite des traces de pattes sur la neige. Va-t-il croiser un louveteau ? Presque !

Un husky galope vers lui. Ce chien,
Samy le connait bien !

Samy n’a pas le temps de finir sa phrase. Un énorme bloc de neige se détache de la montagne. Au secours ! Une avalanche arrive droit sur eux.

La tour Eiffel ordonne à Samy
et au husky de se tenir
à son cou.

Avec ses jambes géantes,
la belle d'acier saute
par-dessus l'avalanche.

Et hop ! La tour Eiffel se pose juste devant le chalet aux volets bleus.

Truffe entre dans le chalet. Il y retrouve sa maitresse. Assise dans son fauteuil, la vieille dame lit.

Samy est ravi : c'est son arrière-grand-mère, qui a neuf fois dix ans aujourd'hui ! Samy court l'embrasser.

Samy fouille sa poche : elle est vide.
Oh non ! Son paquet a dû tomber sous l'avalanche. C'était son cadeau pour l'anniversaire d'Anna. Voyant la tristesse du petit garçon, Truffe file dans la neige.

Le husky ne tarde pas à retrouver le paquet. Il le tient doucement entre ses mâchoires.

Anna ouvre son paquet : dedans il y a une boule à neige avec la tour Eiffel ! Mais elle n'est pas au bout de ses surprises. Samy aide son arrière-mamie à marcher vers la porte.

Dehors, la vraie tour Eiffel clignote !

Anna est émerveillée.

Puis Anna sort une photo : dessus, c'est elle, toute jeune, qui sourit devant la tour Eiffel. La photo a été prise le jour où Anna a fêté sa victoire de championne de ski à Paris.
La visite de la tour reste le plus beau souvenir d'Anna, et Samy le savait !
C'est pour ça qu'il a offert à son arrière-mamie cette boule à neige.

Anna se penche vers lui et lui donne à son tour un petit paquet.

De retour à Paris, Samy se demande s'il n'a pas rêvé. De sa chambre, il aperçoit la tour Eiffel. Bien à sa place sur le Champ-de-Mars, elle lui sourit sous le soleil levant.

Ça alors ! Sur sa couette, il y a le paquet cadeau que son arrière-mamie lui a offert. Samy l'ouvre. Dedans ça scintille comme une étoile : oh, c'est la médaille d'or qu'Anna a gagnée !

Tout savoir sur le Mont-Blanc...

Le plus haut sommet des Alpes

Le point culminant du massif du Mont-Blanc, qui s'élève à près de 4810 mètres, porte le nom de mont Blanc. Ce gigantesque mont porte aussi le surnom de « Toit de l'Europe », car c'est le plus haut sommet de l'Europe de l'Ouest.

Un sommet très visité

En hiver, il y fait vraiment très froid !
La meilleure saison pour le gravir, c'est en été.
Entre juin et septembre, 2000 à 3000 alpinistes font son ascension pour atteindre le sommet où la vue est magnifique.
Même en été, le manteau de neige tout en haut ne fond pas.

Il cache un long tunnel

Percé sous le Mont-Blanc, ce tunnel mesure plus de 11 kilomètres. Il va de la ville de Chamonix, en Haute-Savoie, jusqu'à la vallée d'Aoste, en Italie.

À ses pieds, il y a un énorme glacier

Cette étendue de glace est si grande qu'elle porte le nom de « mer de glace ». Elle fait 7 kilomètres de long, c'est le plus grand glacier de France. Pour y accéder, on prend un petit train. À cause du réchauffement climatique, le glacier fond un peu plus chaque année…

Bravo ! Tu as lu un livre en entier !
Tu as aimé cette histoire ?

Retrouve la tour Eiffel dans d'autres aventures !

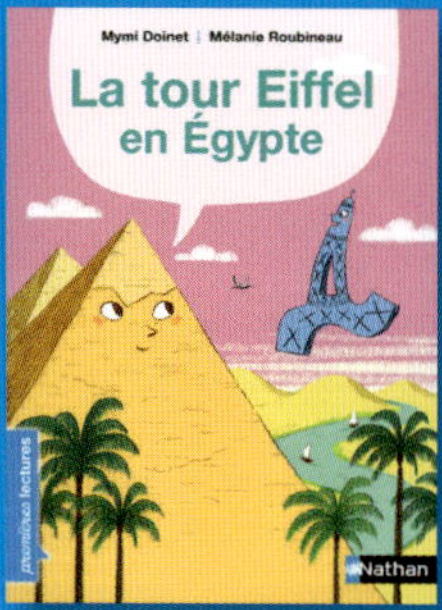

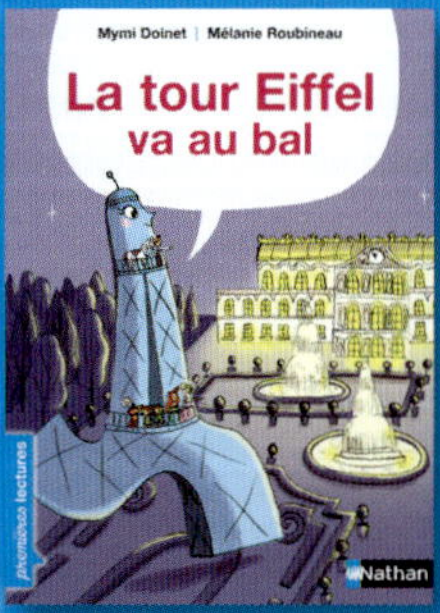

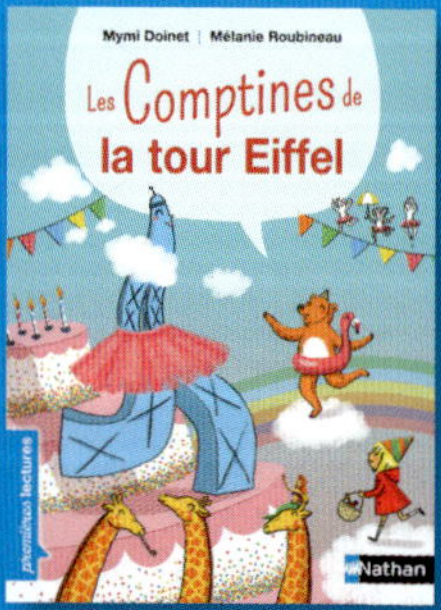

premières lectures

N° éditeur : 10259650 – Dépôt légal : janvier 2019
Achevé d'imprimer en octobre 2019 par Pollina
(85400 Luçon, Vendée, France) - 91445

IMPRIM'VERT
Votre imprimeur agit pour l'environnement

FSC www.fsc.org
MIXTE
Papier issu de sources responsables
FSC® C022030